AF370238

RENOU ET MAULDE

IMPRIMEURS DE LA COMPAGNIE DES COMMISSAIRES-PRISEURS

Rue de Rivoli 144.

Vente des 25, 26, 27, 28 et 29 Juillet 1871

Après décès de M. VINCENT, membre de l'Institut,
de Mme MAURICE, sa fille, et de M. MAURICE

MOBILIER

BRILLANTS, BIJOUX, ARGENTERIE

TABLEAUX ET OBJETS D'ART

CURIOSITÉS DIVERSES

EXPOSITION PUBLIQUE

Le Lundi 24 Juillet 1871, hôtel des Commissaires-Priseurs,
rue Drouot, 5, salle n° 1

Me DELBERGUE-CORMONT ET Me GAUTHIER
COMMISSAIRES-PRISEURS

MM. DHIOS ET GEORGE, EXPERTS

PARIS — 1871

NOTICE

DE

MOBILIER

BRILLANTS, BIJOUX, ARGENTERIE

TABLEAUX ET OBJETS D'ART

Dessins, Estampes

MEUBLES ANCIENS, CURIOSITÉS DIVERSES

DONT LA VENTE AUX ENCHÈRES PUBLIQUES AURA LIEU

Par suite du décès de M. VINCENT, membre de l'Institut, de Mme MAURICE, sa fille
et de M. MAURICE

HOTEL DES COMMISSAIRES-PRISEURS

RUE DROUOT, 5, SALLE N° 5

Les 25, 26, 27, 28 et 29 Juillet 1871

A DEUX HEURES PRÉCISES

Me **DELBERGUE-CORMONT**, Commissaire-Priseur,
rue de Provence, 8,

Et Me **GAUTHIER**, son confrère, 12, rue Béranger,

Assistés de MM. **DHIOS** et **GEORGE**, Experts, rue Le Peletier, 33.

EXPOSITION PUBLIQUE

Le Lundi 24 Juillet 1871, d'une heure à cinq heures.

PARIS — 1871

DÉSIGNATION

TABLEAUX

BOILLY (L.-L.)

1 — L'heureuse Famille.

> Gracieuse composition de cinq figures.

BOILLY (L.-L.)

2 — Série de Portraits.

BENAZECH (CHARLES)

3 — Les Adieux de Charles Ier à sa famille.

> Gravé par Tardieu.

BENTABOLE

4 — Marine.

BELLOTO

5 — Vue de Venise.

BREDA (Pierre van)

6 — Le Marché aux bestiaux.

BREUGHEL (Jean)

7 — Chasse au cerf.

CUYLEMBURG

8 — Le Jugement de Pàris.

DE HONDT (L.)

9 — Le Rendez-vous de chasse.

ELMERICH

10 — La jeune Fermière.

GREUZE (D'après)

11 — Têtes de jeunes filles.

Deux pendants.

GUIDE (École de)

12 — La Mère de douleurs.

Pastel.

KESSEL (J. VAN)

13 — Intérieur de corps de garde.

LATOUR

14 — Portrait de l'auteur.

Pastel.

PIAZZETTA

15 — Sainte Famille.

RESTOUT (Attribué à)

16 — Joseph expliquant les songes de Pharaon.

ROZIER (JULES)

17 — Marine.

SCHLESINGER

18 — Le Pont d'amour.

SENAVE

19 — Intérieur de sellier.

STOCKLEIN

20 — Intérieur d'église.

VALLAYER COSTER 1784 (Signé)

21 — Le Duo; scène pastorale.

Peinture décorative en forme de dessus de porte.

VAN ARTOIS

22 — Chasse au faucon.

VANLOO (D'après)

23 — La Maternité.

Pastel.

VERKOLIÉ

24 — La jeune Mère.

VOILLEMOT (Charles)

25 — Sujet mythologique.

VOS (V. DE)

26 — Chien griffon.

ÉCOLE FRANÇAISE

27 — Vénus sur les eaux.

Peinture en grisaille.

ÉCOLE MODERNE

28 — La Mort de Henri IV.

—————

29 — Environ trente Tableaux anciens et modernes seront
vendus sous ce numéro.

AQUARELLES ET DESSINS ENCADRÉS

—————

30 — Environ 100 Dessins, Aquarelles, Gouaches, Fixés,
par Boilly, Gavarni, Andrieux, Laffitte, Traviès,
Ciceri, Frantz, Numa, Ballue, Penguilly, Marvy,
Comte, Blondel, Finart, Noël, etc.

31 — **Miniatures**.

32 — **Gravures encadrées**. Plusieurs pièces d'après Prudhon, par Coppia, Roger ; estampes d'après Raphaël, par Desnoyers; les trois Grâces, par Forster ; sainte Amélie, par Mercury.

OBJETS D'ART ET DE CURIOSITÉ

MEUBLES ANCIENS

33 — **Meubles** en marqueterie et **Bois sculptés** : très-belle crédence en bois sculpté et doré, lit à colonnes, prie-Dieu, bahuts, stalle Louis XIII, écran, siéges, escabeaux, consoles dorées, cartel et baromètre, soufflet, etc.

34 — **Porte gothique** en bois sculpté, et décorée d'une peinture à deux faces.

35 — **Pendules anciennes** des époques Louis XIII, Louis XV et Louis XVI, Flambeaux, etc.

36 — **Glaces et Miroirs vénitiens**.

37 — Glace Louis XIII, cadre guilloché.

38 — **Cabinets et Coffrets anciens**, laques de Chine, marqueterie, écailles et cuivre repoussé, ivoires, coffrets persans, etc.

39 — **Faïences italiennes** : vases, cornets, coupes à piédouches, buires, grands plats des anciennes fabriques d'Urbino, Faenza, Gubbio, Castelli, Savone, etc.

40 — **Faïences françaises**.

41 — **Porcelaines** de Chine, du Japon, de Saxe, de Sèvres, de Chantilly.

42 — **Émaux de Limoges**. Plaques à sujets de sainteté grand plat en émail vénitien.

43 — **Armes et Armures** : armures complètes, boucliers, casques, plaques d'armures persanes damasquinées or, épées à deux mains, lances, etc.

44 — **Fers forgés** : pelles, pinces, suspensions, éperons, étriers; coffret en fer gravé.

45 — **Bronzes** anciens et modernes : encrier florentin, flambeaux Louis XIII, modèles de canons, série de poids, coupe persane, bronzes chinois, groupe par Etex, etc.

46 — **Cuivres** : plats gothiques et divers bas-reliefs en cuivre repoussé, lustre flamand, lampes juives, buires et plateaux vénitiens, etc.

47 — **Médailles et Monnaies** or, argent et bronze; Jetons Louis XV.

48 — **Ivoires** : statuettes et bas-relief, triptyques, christ, etc.

49 — **Sculptures** : figurines, statuettes et bas-reliefs en marbre, albâtre et bois sculptés.

50 — **Verres de Venise** : candélabres, coupes et verres à piédouches, verres de Bohème.

51 — **Objets d'art** et Curiosités diverses : flambeaux en cristal de roche, fuseau et accessoires en bois sculpté, tableau en mosaïque représentant sainte Catherine, vitraux, vases étrusques, triptyques russes, reliquaires, instruments de musique, objets algériens, table en marqueterie de nacre, pipes, etc.

52 — **Objets d'étagère** : bonbonnières en vernis Martin, ivoires, presse-papier, lampes antiques, figurines chinoises, jades, petits bas-reliefs en argent, etc.

MOBILIER

Batterie et Ustensiles de cuisine en fer et cuivre.

Porcelaines de table à filets, belle Verrerie, Cristaux, etc.

Plaqué, Réchauds longs et ronds, Couteaux et Accessoires de table.

Bronzes d'ameublement : feux, flambeaux, pendules, candélabres, lustres, appliques, etc.

Rideaux en soie, reps, damas, mousseline brodée, etc.

Literie : matelas, oreillers, traversins, couvertures.

Linge de ménage nombreux, Services en toile damassée, Draps, Serviettes, Pièces de toile damassée, etc.

Linge et garde-robe de femme, **Cachemires** de l'Inde,

Dentelles noires et blanches, Fourrures.

Meubles de salle à manger, salon, chambres à coucher en bois doré, acajou, chêne, bois rose, marqueterie.

Pianos : un piano à queue d'Érard, un piano droit de Pleyel, un autre de Roller et Blanchet, Orgue-Harmonium d'Alexandre, établi sur les indications de M. Vincent.

Tapis de table et d'appartement.

Argenterie : environ 40 kilogrammes en plats, couverts, soupières, service de table, couteaux, etc.

Bijoux, **Brillants**, Boucles d'oreilles, Broches, Épingles, Montres, Chaînes.

Nombreux Objets divers.

Renou et Maulde, imprimeurs de la Compagnie des Commissaires-Priseurs, rue de Rivoli, 144.   10820

2 Coupes avenue [illegible]
1 verre gravé — 60
2 bronzes — 100
2 vases [illegible] — 109
1 vente [illegible] — 200
2 [illegible] — 100
1 bronze — [illegible]
1 [illegible] — [illegible]

— 706

RED. :

20

BIBLIOTHEQUE NATIONALE DE FRANCE

****

CHATEAU DE SABLE

1995